U0144415

霹靂爆笑江湖

爆笑江湖 2

原作：黃強華
編繪：黑青郎君、SEMI、
小巨、米士特熊、惡之華漫想

《霹靂爆笑江湖2》目錄

編繪 **黑青郎君**

會一點點手繪、一點點電繪、一點點3D……從小就愛看霹靂布袋戲，現在越來越愛看。霹靂會月刊上偶爾會刊載霹靂的四格漫畫、插圖……

個人網站：虛象世界http://antaria.myweb.hinet.net/
virtual-image-world/virtual-image-world.htm

刀皇的願望

女戒的矜持

太學主表示：真是讓人印象深刻的刀者！

沒有根據的統計，地心引力能讓CUP力提升（看起來）一至二級。

五峰齊天陣

五山為劍，九天為陣。

此劍陣能夠記憶闖陣者而不斷提升難度。

每次破關，難度就會提升，打法也會不一樣。

那…有誰破過？

南風不競一次、我大概七次。

六次。

劍陣LV UP↑
劍陣LV UP↑UP↑…
UP↑UP↑UP↑UP↑UP↑…
…UP↑UP↑UP↑UP↑……

破關可能性 DOWN↓DOWN↓DOWN↓…

現在這個劍陣比起南風不競破關的時候不知道難上多少倍喔，難度大概從HARD提升到NIGHTMARE模式再往上去兩級該叫什麼啊？

NORMAL…HELL…HELL…不…

FUCK。

對對對，就是讓你想喊"FUCK！操你媽的製作小組是瘋子整人啊…"的等級。

嘛。

結果我現在過不了關都是你們害的！難度調那麼脆整我啊！FUCK！FUCK！

翻桌啦！

玩遊戲請適時適量，切勿過度沉迷。

卡片狂人

第一次告白…

妳是我的…！

這是性騷擾！

啪！

色狼

收到色狼卡。

再接再厲…

我為了救妳做了那麼多…！你是在自作多情。

死不放棄…

那滴眼淚…！是為我自己流的。

誤會

收到誤會卡。

自戀

收到自戀卡。

死纏爛打…

放棄我，妳不遺憾嗎？

我已經有喜歡的人了。

死會

收到死會卡。

乾脆擺爛…

不跟我交往我就毀滅世界！天狼星！GO！

你這樣很幼稚耶。

DEATH LIGHT！

收到幼稚卡。

給他朋友卡還是備胎卡或許會乖一點…

5

刀無極

英姿挺拔、刀藝無雙、霸氣非凡，表面受人敬重，實際是五龍的熾燄赤麟，蟄伏暗處佈局，引爆刀龍戰火！

鬼梁天下

心思縝密、城府深沉，表面為正道人士，實際卻包藏禍心，暗中策劃諸多陰謀詭計。

聖蹤

仙風道骨的修道人，劍子仙跡多年至交，實際上卻是城府深沉的陰謀家，暗中操弄一切陰謀詭計。

誰是最強偽君子？

謝謝謝謝，全賴大家支持！我自己也覺得非常榮幸，我在此要感謝我的家人，我的兄弟，我的……

恭喜刀無極榮獲本年度……不，是本世紀最強偽君子獎。

恭喜恭喜，刀無極你一定能名留青史。

 一頁書 **自信**

 刀無極 **怒**

 四無君 **自信**

 朱聞蒼日 **吹口哨**

 臥江子 **刷牙**

 悟劍聲 **怒**

 素還真 **精神百倍**

 莫召奴 **笑**

 亂世狂刀 **笑**

 葉小釵 **切切切**

 銀鍠朱武 **樂**

 劍布衣 **喜**

 憂患深 **笑**

 蝴蝶君 **笑**

 憶秋年 **喜**

 魔王子 **笑**

火鍋主義

阿修羅，我來看你的進度…嗯？

邊走邊吃零食！

你這是在搞什麼啊！

好不容易弄那麼大一鍋，你竟然只用來煮青菜？

沒必要做這麼多餘的殺了！

別開玩笑了！

你知不知道上一組搞一大鍋火鍋的傢伙們為了搶肉死太慘！

為了搶一塊肉而兄弟相殘的火鍋黨！

啊！地者你在幹嘛啊！

阿修羅你真是太讓我失望了…

就是要吃肉啊！肉！肉！肉！懂嗎？一大堆肉！

吃到飽火鍋就說別讓素食主義者煮鍋啊！

你竟然把肉通通一口氣丟下去！

我原本想要小火慢熬的耶

這樣湯會變得超噁心的啊

吃素對身體健康啊…

別傻了，全死國就你一個素食主義…

好了，不用謝我。注意火侯啊！

纖細的狂人

呼呼、甜心，想我嗎？啾…

都那麼大個人了，這樣玩不害臊嗎？

妳又妳進來幹嘛！

其實我會通靈喔

這個女生跟我又摟又抱、親來親去的讓她感覺很不舒服…

要妳管！妳又不是我阿嬤！給我滾出去！！不然打妳喔！

注：這是歡歡…

我的山水落在妳的胸間裡好肯讓妳畫嗎？好濕好…

別老是躲在房間裡面畫糟糕圖啦！

妳…妳進來幹嘛！

外面天氣很好，出去運動一下，跟人交流交流，做做公益

要妳管！妳又不是我阿嬤！給我滾出去！！不然打妳喔！

注：這是歡歡…

嗚哇！我藏在床底下的巨乳珍藏本！

居然被移到書架上了，還被分門別類排好好的！

就說不准進我房間了嘛…

嘎啊～～？又是妳！妳妳妳

……

嘯日焱勒？快來把這女人帶走啊！我不玩了啦！

嘎啊！別再侵入我的世界！

唠叨、唠叨…

不是我要種書啊，那…

……

……

注：這真的是歡歡…

超纖細文藝青年，南風不競

注：這真的是

南風不競

性格極端的不世狂人，偏執思維、特立獨行，絕不容許旁人染指自己的所有物，為得禳命女認同而有一連串的動作。

蝴蝶君

瀟灑自我的收銀買命殺手，視錢如命、精打細算，行事乾淨俐落、絕不拖泥帶水，最愛黃金與阿月仔（公孫月）。

鄧九五

一招出手金銀威震西北的絕世梟雄，喜好掌控自己與他人的生殺大權。摯愛紅葉夫人之死讓其哀痛欲絕遁入空門棄惡從善。

誰是第一癡情漢？

啊，你們能了解我的心情，真的是太好了！

你這渾小子還真有兩把刷子。

看在你被甩那麼可憐的份上，這次就讓你。

你這也叫癡情漢啊！根本是痴漢！

我那麼愛妳妳為什麼不愛我！

妳再不識相我就……就……

除了我！沒有人配得上妳啦！

那個傢伙有什麼好！

我……我不……

佛獄與死國聯軍侵略苦境…

咯滋咯滋…

嘎啊啊啊啊！

火宅金臂勾！

毀滅世界！

公開妳的素顏照！

其攻勢凶猛無人可擋…

咯滋咯滋…

嘰啊啊啊～啊！

扶木式腕十字固定！

我會跟在妳後面…

殺掉妳喜歡的人…

再殺掉歡妳的人…

中原武林死傷不計其數…

直到…

嘎啊啊啊～啊！

佛獄原爆固定！

死國兵糧一人份，只要吃完地者就會退兵…

你來邪遊的喔！貪邪扶禾的樹根還不錯吃

啃樹根啦你！

退你老目！

退兵嗎？

我帶的零食吃完了。

然後殺掉所有對妳好的人…

這樣妳就會知道能依靠的只有我。

這招也行？

……

最可怕的是…還成功了…

在九哥面前，痴漢都顯得純樸善良…

西蒙

闇城之嗜血族王者,個性沉穩,尊貴非凡,以冷淡掩飾極端,有強烈愛憎之心,擅控人心,以溫和面貌隱藏專制狠絕。

六禍蒼龍

應承皇龍之氣,野心勃勃、蠱惑人心,終建紫耀天朝。銅羹戰役後瘋狂大變,得師九如引導大徹大悟,成立真龍妙道廣佈教義。

宿賢卿

末世聖傳的教主,沉穩威嚴,以宗教力量廣召信徒,並藉天刑審判制裁惡人。暗中開啟天闈魔城、釋放號天窮。

誰是洗腦新教主?

西蒙大人萬歲~

World Peace~

恐怖的地者

殺戮碎島的……

初次到苦境的地者…

路上邊走邊吃。

咚滋咚滋…

啊?

to

啊~

戰鬥時的地者…

別太靠近!會被地者當零食吃掉的!布陣:拖到地者兵糧吃完!

開打前先吃幾口。

咚滋咚滋…

啊啊!

帶著萬妖爐的地者…

萬妖爐是無限的資源。by:天者

兵糧無限補給!

咚滋咚滋…

萬妖火

瞄準好,把棄子(死貓)往鍋裡丟!順利的話就能讓地者退兵…

夫人!死貓準備…

這一局…,必須棄子…

好了!

我那麼愛妳妳為什麼不愛我!

除了我!沒有人配得上妳啦!

那個傢伙有什麼好!

妳再不識相!我就…!我就…就!

…

毀滅世界!

公開妳的素顏照!

我會跟在妳後面…殺掉妳喜歡的人…

再殺掉妳喜歡的人…

好的…然後殺掉所有對妳好的人…

這樣妳就會知道能依靠的只有我…

最可怕的是…還成功了…

這招也行?

……

在九哥面前,痴漢都顯得純樸善良…

劍之初

慈光之塔傳說中的劍者，曾連敗數百名高手，博得「慈光之塔的驚嘆」封號，性格沉穩淡泊，隱含一代劍法宗師的氣度。

戩武王

沉穩剛毅、氣度恢弘的殺戮碎島之主，作風穩健，不發聲色、謀定而後動，武學超凡出眾，被譽為「殺戮碎島的救贖」。

魔王子

咒世主之子，火宅佛獄的禁忌之名，性格反覆瘋狂，叛逆無可捉摸，絕對自我中心，帶有強烈黑色幽默，能駕馭魔龍赤睛出征。

赤睛

魔王子副體，佛獄智囊，可化魔龍，外表年少稚氣，個性老成持重，以不危害佛獄利益為前提，冷眼旁觀魔王子的恣意妄為。

四魁戰隊

不能低調一點嗎…？

誰說女人不能拿第一—！

我是紅色應該站中間吧！

切開來裡面是純黑的啦…

劍君十二恨

重情重義、富正義感、自然率真、毫不虛偽的俠客，一生追求劍的真意，得神秘女郎引薦成為儒教傳人，性格漸趨圓融睿智。

失路英雄

憂鬱寡言，作風強勢，嚴謹正直，會詢問人何謂「正義之道」，不斷追尋自己的真理。對孔雀義無反顧地付出。

悟劍聲

真實身分為金小俠，由瀟瀟、傲笑紅塵、俏雲撫養成人，盡得真傳，成為身法奇快、劍法殊異、招式夾帶紫電之氣的少年俠客。

三劍客

素還真你走開！

都什麼年代了還在劍君X鸞瞳月？…

至少來個明月人嘛…

所以我來～

劍君，別人都成雙成對的很孤單吧…

嗯，這樣男生就會高興嗎？

只是順手弄一下…

這…這才不是愛妻便當啦！

愛妻便當耶～真好～

春仔八成不會做～

她有幫我帶便當～

不過我要陪孔雀～

雖然很想幫前輩的忙啦～

你想當免費的那個吧～

三人同行一人免費～

等等一起去吧～

附近有家吃到飽～

孔雀

破軍府第一戰將，燁世兵權的伏兵，以孔雀標誌蒙面，原為霓羽族之後脈，寡言善戰，冷酷直接，剽悍之姿，惑人耳目。

易春寒

（悟劍聲叫她「春仔」）
短髮俏麗，直爽豪邁、行事乾淨俐落，為奪回魔絕天棺而遇見悟劍聲，二人互生情愫，後脫離末世聖傳，與悟劍聲隱居二重林。

神秘女郎

素還真藉神農琉璃功所為之分身。霸氣橫殺，果斷有個性，獨樹一格的行事作風與氣勢，為霹靂女角中經典角色。

蝴蝶君

我前面已經出現過了,去看前面第2場戲介紹,不然要收干兩黃金殺人啦!!

冰無漪

元種八厲的「水之厲」,不喜權勢、鬥爭,只愛美人不愛江山,帶有反派英雄特質的詼諧高手,乃厲族中的異數。

香獨秀

被讚為淒絕冷絕美絕、劍法高明的劍葩,舉止高傲風雅,極度潔癖,強烈自我中心,絲毫不理他人目光卻又自認對人謙沖隨和。

諧星溫泉

一頁書 **怒髮衝冠**	九州一劍知 **怒**	刀無極 **樂**	千葉傳奇 **舔棒棒糖**
天蚩極業 **笑**	史森 **嘟嘴**	失路英雄 **樂**	冰無漪 **笑**
西蒙 **裝沒事**	佛劍分說 **瞪**	妖后 **羞**	炎熇兵燹 **變態**
臥江子 **讀書**	魔王子 **驕傲**	南風不競 **陰險笑**	帝如來 **欣慰**

香獨秀 **噘嘴**

悟劍聲 **吐舌**

素還真 **裝沒事**

素續緣 **樂**

鬼梁天下 **咬牙切齒**

宿賢卿 **假咳**

莫召奴 **歎氣**

亂世狂刀 **怒**

傲神州 **喜**

愛禍女戎 **怒**

楓岫主人 **自信**

聖蹤 **樂**

槐破夢 **目中無人**

銀鍠朱武 **怒**

劍之初 **瞇眼**

蝴蝶君 **哀傷**

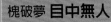

不要回家

趴在地上不敢回家⋯

打輸羅喉的時候⋯

乾脆就這樣趴一輩子好了⋯

沒臉回去見無心⋯

嗚嗚、打輸羅喉⋯

蹲在門口不敢回家⋯

沒殺到寒煙翠的時候⋯

仇人沒殺成，沒臉回去見大家⋯

可是就這樣蹲在門口好嗎⋯？

哇啊~發爐啦~

離家出走不敢回家⋯

把姐夫打成豬頭的時候⋯

梅飲雪！

我⋯我什麼都不知道喔⋯！

蟻姊，對不起妳。我沒臉見妳。請不要來找我。PS.姊夫找我，我也不要再回他的笑劍鈍去找他。離家出走

面對大哥的時候⋯

不要回家！

兄弟啊！讓我跟你們一起回！

不・要・回・家！

我們是兄弟耶！

打破阿母蟠龍花瓶的又不是你！

之後⋯

笑劍鈍：經歷這麼多事，我終於明白逃避只會讓事情惡化，這次我要勇敢面對！鬍說八刀，我把神兵搞丟了，而且還要請你救我們的仇人。

鬍說八刀：靠天咧！

武魁戰神決

眾人退出方圓五十里！

撤退、撤退

記得叫周邊的居民一起避難！

啊⋯

貪狼翼姬你們也帶所有人速退！

很危險的！

啊啊啊

存糧跑了～

急速倒車！

來吧！地者！我們來單挑！

那個⋯我不介意你們人多點⋯

不用在意！這是尊重死國武魁的禮節！

至少留個侍儒讓我吃一口好嗎？

空無一人⋯

地者死了⋯

他從頭到尾都沒有使用「滅之卷」⋯

因為地者是為了維持武魁的尊嚴不使用外界武學，絕對不是因為沒有戰前吃兵糧肚子餓的關係⋯

啊⋯

地者硬吞自己的手嗯死⋯

死國武魁地者，寧可戰死也不肯餓死⋯

18

佛劍分說→
修羅

願斬盡世間一切惡業的慈悲佛者，個性剛直不阿、正氣凜然，縱然逆天亦堅定救世之路。為殺邪之子，散盡舍利修為化修羅體。

帝如來→
鬼如來

四境佛宗戰鬥之首，嚴謹知轉圜，遵法合乎事理。因滌罪犀角影響恢復暴虐鬼如來，頭上骷髏舍利，散發邪妄魔氣，行事極端。

一頁書→
一頁書（魔化）

亦名梵天，悲憫如一頁天書渡化迷航眾生，行事果決明快、妒惡如仇。因咒世主影響導致入魔，行事更加極端，幸賴素還真等人幫助恢復心性。

一步蓮華→
襲滅天來

萬聖巖最高指導者，心性慈悲，力抗異度魔界之禍，其化出惡體襲滅天來，心思詭詐、深沉難測，後吞併善體、統領魔界兵權。

殺人和尚

海蟾尊玩憤怒魚

瘋刀三缺一

戩武王　**母愛狀**　　戩武王　**妖媚**　　戩武王　**河東獅吼**

戩武王　**羞**　　戩武王　**無言**　　戩武王　**歡喜**

戩武王　**驕傲**　　戩武王　**怒**　　戩武王　**大眼**

一頁書　　　**瞪**	九州一劍知　**無奈**	九禍　　　**妖媚**	女珞（波旬之一）**喜**

六禍教主　**裝沒事**	央森　　**狗嘴嘴**	失路英雄　　**殺**	冰無漪　　**得意**

西蒙　　　**怒**	妖后　　**妖媚**	炎熇兵燹　**無言**	帝如來　　　**喜**

悅蘭芳　　　**看**	素續緣　　**哭哭**	鬼梁天下　　**樂**	宿賢卿　**陰險笑**

南風不競春聯

不是狂人
世

腳踢無辜百姓

拳打老狗婦孺

金梭銀梭木梭？

妳掉的是這個金梭、或是銀梭……
還・是・我 ❤ ？

麻煩請把木梭還給我…
你這樣我很困擾…

✔ ✔ ✔

九禍

我來插花的！我的資料請見第14場「打牌」那一場嚕！

銀鎤朱武

魔界戰神，英武霸氣、驍勇善戰，為九禍以殘餘魔源喚醒，復活後化身朱聞蒼日遊歷中原，結識空谷殘聲，後重掌魔界大權。

槐破夢

戩武王孿生雙子，生性桀傲難馴，自命槐破夢。天閻魔城培植後全身散發邪侫氣質，個性驕傲皇霸，富心機，後成就胤天皇朝。

素續緣（天下第一）

命運多舛，歷經誕登挫骨擭苗助長的天下第一、葬屍江重生的不知名、無盡天涯一役反樸歸真後的素續緣，個性悲憫仁慈聰穎！

不良少年

天下第一不良少年

九禍 你看 我很帥吧♥

特攻隊長

都一大把年紀了還在玩什麼暴走族遊戲啊！

天下第一

 一頁書 **無言**	 九禍 **母愛狀**	 六禍蒼龍 **神愛世人**	 冰無漪 **笑**
 西蒙 **陰險笑**	 妖后 **喜**	 炎熇兵燹 **自信**	 臥江子 **假讀真睡**
 南風不競 **無言**	 香獨秀 **瞇眼耍帥**	 悅蘭芳 **無言**	 宿賢卿 **翻白眼**
 疏樓龍宿 **瞇眼**	 亂世狂刀 **無言**	 葉小釵 **拜**	 槐破夢 **笑**

火宅佛獄的……　　　　激情之後……

一夜激情之後……

常因男女雙方的個性與價值觀的不同而有不同的反應……

這是火宅佛獄…

這是咒世主…代表火宅佛獄…

通常男方的反應，做完之後很快就會冷靜下來，開始思考現實面對的各種問題，態度對的很快就會冷淡下來……

一男一女剛剛好，婚禮中式西式看，辭心決定，重點是要請慕情參加。孩子生兩個一男一女剛剛好，婚禮中式西式看，重點是要請慕情參加。

可是我現在的傷勢會拖累她，該怎麼辦呢？

碎雲天河旁蓋個小木屋，一家四口和樂融融

首先要正式求婚…媒…聘禮…

迦陵，你遲早會繼承我的位置，到時候…千代表佛獄的意思，就是自己成為佛獄…這是我用過的推剪。

凝淵死郎不肯剃

!?

而女方的反應……，因天生浪漫情懷，激情持續時間較長，甚至沉溺在幸福感中，生活開始對於未來生活的幻想……

要讓他入碎島的戶籍嗎？可是我已經有名義上的老婆了，要乾脆先離婚嗎？

還是買個房子養在外面嗎？

司是王后的贍養費超高耶，要是傳出緋聞怎麼辦

應該不會中標吧…狗仔隊就躲在附近看

這是大息公代表佛獄的最高利益…

公的副體以及手下也代表某種程度的佛獄人民的利益…

最後男方會對女方說…

昨晚只是一時衝動，我有老婆責任，沒辦法給你名份，這件事就放在彼此心中當作美麗的回憶就好，先掰了～

女方則會反應…

不要離開我～～～！

等等…，好像反了…

這是太息公代表佛獄的最高利益…

身為王女，妳也有責任擔起部分佛獄的利益…

這件比基尼…終極防具！防禦力+899！閃避率+80％！全屬性傷害減免80％！穿太厚不合佛獄的利益…

夠了～～～！我才不要這種父愛啦～～～！

經天子

原汁青編輔官，為奪主權反叛。身為坤靈界執府，又研習陰陽雙冊，與鬼隱合謀，掌控邪能境，成為冥界之主…

疏樓龍宿

三教先天，儒門第一龍首，華麗為其口號，機敏好辯，極為自信，逍遙自在，顛覆儒家傳統，談笑風生中透出堅決果斷的冷酷。

憂患深

三教仲裁，儒門四大名鋒之一，個性淡雅慵懶，貴氣帶一絲驕縱，言談中不自覺反諷他人，平時手執摺扇，不喜他人打擾思考。

悅蘭芳
（埋在墓裡）

華麗俊美、瀟灑不羈，專注自身目標，具強烈野心，城府深沉，後化為定風愁行走江湖，被舒石公、素還真等人感化痛改前非。

貴公子海灘

新娘的價值

魔絕天棺：有了！
於舌下…刺激
其味覺
把元生之玉置
觸機之服…突！
然後…
舌下…
舌頭…
舌下…
……

！

當真是不得
了的美人…

那東西早就
切掉了啊啊
啊啊…！
不存在的
位置要怎
麼放啊
怎麼辦~
怎麼辦~
不管他…
直接放嗎？
啊……
我想到了~

如此驚為天人
的犄角…不…
…美人…
和黑衣簡直
是郎才女貌…
請看著我的
臉說話好嗎…

用這個！
是當年的
那個嗎…？
……
硬塞進嘴裡！
呼~是啊~
還好有這
傳家寶！
小俠…小心
被雷劈喔…

[劇情道具：隻手之聲]

黑衣，你
覺得呢？
印象不差！
麻煩你們好
好看我一眼…

之後…

葉小釵你能
講話了？
難道舌頭真的有效
我現在講話，
還會唱ɔ!ɔ-ɦoㄆ
跟ㄖㄞㄆ喔。
不只會講話，
我的英文名字叫刀疤，
咚滋咚滋咚滋咚滋，
我還成為鼓舞族的太舞
喔。
鼓舞鼓舞鼓舞鼓舞鼓舞

卡●頻道萬歲！新注音萬歲！

那就決定讓
黑衣娶越姑
娘囉！
我有意見…
拜託你們看著
我的臉說話…
紅流…
我沒
意見！
我有
意見！
告訴他
們這個不是犄角…

妖后

深沉冷靜、狠辣強悍、城府極深、野心勃勃、冷靜分析局勢，具有與眾英雄好漢逐鹿天下的王者風範。非常疼愛兒子黑衣劍少。

戩武王
（玉辭心造型）

揹小孩打牌是我的專利！劍之初沒叫你揹，你給我恬恬！

玅筑玄華

外表高貴優雅，兼備真善美之人格特質，個性仁善，凡事順應天理自然，乃極具領導風範的仙靈地界之主。

九禍

魔界第二殿首領，頭生九支犄角的異度女后，冷艷外表掩蓋著冷殘手段、深沉心機、穩拿勝算的作風，帶領著魔界潛伏勢力。

誅天

出走魔界另組魔劍道，陰沉奸險，為完成霸業無所不用其極，率領座下魔魔大軍一爭中原。對愛子黑衣劍少極為寵溺。

劍之初

想瞭解我跟戩武王的演員背景，請看第4場戲的「四魁戰隊」！

槐破夢 臨演
（小時候）

PS：小時候沒什麼好介紹！

殊十二 臨演
（小時候）

PS：小時候沒什麼好介紹！

打牌

這是戒菸棒棒糖啦！

娘子，公司說不能抽菸，會有害形象……

小心，是兵甲武經一條龍喔！

就告訴妳明明是個孕婦，而且當時我只想擤那個混蛋屁子的車，不要想征服世界了嘛！

別擤流局好嗎，我之前美點流啦，老公都快嚇死了……

有一半是妳害的還敵講啊……

喔，少了一張，算了！

我是說妳的牌相公了！

相公！我叫朱武去買醬油了啦！

話說！九禍妳相公了！

喂，我正在打牌啦邪尊道有事讓黑衣去處理就好行！

老婆，這樣按摩力道還行嗎？

嗯，還不錯，繼續。

一頁書（微魔化）**怒**	九禍 **河東獅吼**	刀無極 **無奈**	女琊（波旬之一）**怒**

六禍蒼龍 **無奈**	天蚩極業 **瞪**	央森 **陰森笑**	失路英雄 **無言**

地理司（聖蹤）**拍照ya**	西蒙 **無奈笑**	妖后 **母愛狀**	波旬 **合體出拳**

臥江子 **吃飯**	香獨秀 **洗香香**	悟劍聲 **樂**	素還真 **無言**

 迷達（波旬之一） **喜**	 傲神州 **怒**	 愛禍女戎 **舔**	 戩武王 **無言**
 楓岫主人 **刷牙**	 聖蹤 **裝沒事**	 槐破夢 **裝沒事**	 銀鐺朱武 **裝沒事**
 劍之初 **羞**	 劍君十二恨 **怒指劍氣**	 嘯日猋 **怒**	 憂患深 **厭惡**
 蝴蝶君 **生氣**	 鄧九五 **阿彌陀佛**	 闍達（波旬之一） **笑**	 魔王子 **陰森魔鬼笑**

靖滄浪的憂鬱

端木燚龍的矜持

央森

學海書部執令，崇尚浪漫美好的洋人博士，儀態優雅、風趣幽默，手執一台照相機，能真實捕捉內心美好的一面。

莫召奴

從東瀛來到中原，居於心築情巢，溫文和雅、滿腹經綸、重情重義，智勇雙全，與素還真等正道人士對抗邪魔歪道。

蝴蝶君

不給錢還要我說話，我要去找阿月仔，沒空理你們！

各國祖先畫像

一頁書 **精神百倍**	九州一劍知 **喜**	九禍 **冷**	女耶（波旬之一） **樂**

四無君 **刷牙**	央森 **哭哭**	冰無猗 **裝沒事**	西蒙 **笑**

佛劍分說 **閉眼**	妖后 **樂**	炎熇兵燹 **怒**	臥江子 **自信**

南風不競 **怒**	帝如來 **看**	悟劍聲 **喜**	悅蘭芳 **自信**

 素還真　　**妖魔化**	 素續緣　　　　**笑**	 女那（波旬之一）**驚**	 鬼梁天下　　**悶**
 宿賢卿　　　**自信**	 疏樓龍宿　　**自信**	 莫召奴　　　　**怒**	 亂世狂刀　　**吶喊**
 楓岫主　**假讀真睡**	 聖蹤　**三條線裝沒事**	 葉小釵　　　**沉思**	 銀鍠朱武　　　**笑**
 劍之初　　　　**喜**	 劍君十二恨　　**帥**	 嘯日猋　　　**無言**	 憂患深　　　**瞇眼**

素還真

霹靂化身最多的首席男主角，溫文儒雅、器宇軒昂、武學莫測高深、足智多謀、博學多能，處世圓融、慈悲親和、關懷眾生。

一頁書

竟然不介紹我梵天！「冰的啦」

葉小釵

耿直專一、守信重諾，披肩白髮、臉上英雄疤、沉默無言，營造「刀狂劍痴」的風範，成為中原武林不可或缺的一員。

劍子仙跡

道門先天高人，心性無為，率真豁達，嚴肅中帶著輕鬆幽默，與些微諷刺的世俗矯情的言談、笑看江湖。

佛劍分說

三教頂峰還是我最多場次啦！

鬼王棺

滅境三途判之首，為霹靂劇中不死魔頭，自私自利，善使陰謀詭計、以無上魔法探查情報，終其一生以誅殺一頁書為目標。

牟尼上師

定禪天得道高僧，後被冥界天獄聖主原靈寄居主宰身體，與四無君計殺淨琉璃卻反被一頁書與素還真將計就計引出其真實身分…

鬼隱

生有四隻手臂，胸前捧著禁忌黑棺，善用術法，攻於心計，智慧不凡卻心機極為深沉，周旋於正邪兩道之間…

梵天砸桌

九禍　　　**羞**	六禍蒼龍　**樂**	妖后　**河東獅吼**	悅蘭芳　　**笑**

疏樓龍宿　**樂**	莫召奴　**瞇眼**	葉小釵　**憋住**	銀鍠朱武　**羞**

劍君十二恨 **嘆氣**	嘯日猋　**無奈笑**	憂患深　　**吡**	蝴蝶君　**中指**

鄧九五　　**樂**	闍達(波旬之一)**不笑**	楓岫主人　**刷牙**	臥江子　**流汗**

37

跑跑PILI車

PILI RACING 200期紀念特刊

各位觀眾大家好！為了慶祝霹靂月刊第兩百期！

特地舉辦超級霹靂盃大賽車！

各路英雄齊聚！爭奪前三名登上兩百期月刊封面的榮耀！

還沒開賽現場情勢就已波濤洶湧！

現場火熱的氣氛讓人看了目不轉睛！

銀鍠朱武賽前退場。

由我屈世途負責實況！解說則是由談無慾擔任！

喲。

這次比賽大家都勢在必得的樣子，依你的看法誰最有冠軍相？

我很看好無悸一人庸呢~

那還用說，當然是素還真、葉小釵、一頁書三人分得前三名！

除此以外都不可能。這是名嘴我說的！絕對不會錯！

呃...那個...這麼篤定好嗎？其他選手也都很有實力啊...

既然說前三名能上月刊兩百期的封面，那結果就已經定了，不信的翻回封面看...

呃...哼...談無慾是說...他們是最有可能奪冠的選手...！

分析一下優勝後補的實力如何？

先看葉小釵，劍聖修為，已達發在意先的境界，綠燈亮起來之前會先踩油門。

一劍萬生，敗！

跑出有這種超絕二流的極細極利刃的剑界、by 時空輪的超輪胎痕、才能

當年風雨坪賽車，一劍萬生就是這樣敗在起跑線上

然後是一頁書，極發藏意的境界，這是踩了油門還不會發覺、撞到人也絲毫不影響速度的境界。

由於畫面過於刺激，故馬賽克處理。

當年二重林開跑，一句"賽場之上，才子何用！"就把夜慧白庸給輾了過去...

最後是素還真，光是一招旋空斬，直接跳過前車這種無法可擋的超車法足可威震武林！

再加上一人三化加凝神俱體，直接佔滿整個賽道，完美的技巧與默契就算過彎也完全不留一點空隙。

一但被他搶到前面，就絕不可能反超回去！

素還真...你到底是儒是道，還是魔

當年道境車手孤愁先生，被素還真超車後連放儒道釋魔四種香蕉皮，摔到從此開車時速不敢超過10公里...

更有好幾位車手遇到他後，此生不敢再握方向盤...

連我也栽在他輪下過，要說最有可能奪冠的，非素還真莫屬！

感謝談無慾的解說，現在在眾車手已經在起跑線上準備好了，比賽即將開始...

....

居然有這麼機車的跑法...

霹靂賽車果然不能當作普通的賽車來跑啊...

不過...那些都是舊時代的事了...真的要比這種，我也不會輸啦...！

發在意先...發在意先...發在意先...！

GO！

嗚啊~！大車禍！比賽開始瞬間就來個大車禍！

看來是有多名選手想發在意先，造成起點追撞了...

哼！發在意先哪那麼容易...那些只不過是普通的偷跑罷了...

起點的車禍淘汰了大半的車手，現在通過第一彎道的是...

憶秋年！

是憶秋年和風之痕！

雖說這是賽車不是賽跑，憶秋年穿著溜冰鞋，算有交通工具勉強符合賽車的內容...

但是風之痕用雙腳在跑耶...這樣可以嗎？

有啊...背後拖著輪子...

咦？

憶秋年浮起來了！中了無重力陣法！

哈哈哈哈！憶秋年！就是要你死！就是要你死啦！

BOOM!

憶秋年啊~~~！

風之痕撞了在路邊埋伏的策謀略！

已經不管比賽的樣子，一直打...往死裏打...！

唉呀呀...一開始就連續發生事故...

這樣也好啦，讓有爭議的兩個先退場，畢竟是賽跑嘛。

唔？後面衝上來了！領先的是...

妖世浮屠！居然是妖世浮屠！這樣可以嗎？

然後...緊跟在後的是...碎島玄衣！魔王子&赤晴！傲笑紅塵！

全都用飛的啊～難怪沒有捲入一開始的大車禍...

哼哼...魔王子...就在這裡分個勝負吧！

為什麼呢？像這樣照著別人給你的道路走，沒有自己的想法～就算得到表面的勝利也只是個傀儡而已～

赤晴，掉頭！這個方向才是康莊大道！

誰說的？

我。

喂！魔王子你不要忽略我......嗯...？

啊...？

開車時東張西望非常危險。

幽艫撞鬼...啊...不......玄舸撞浮屠啦！
BOOOOOM!!
靠夭勒！看戲也中槍！
師叔啊~~~！
看吧~盲目向前只會自取滅亡~像我...
為什麼要撞我~！
BOOOOOM—！
赤睛，我們墜機了耶~
....
沒幾分鐘就有事故發生！領先集團的競爭實在太激烈了！
讓我們來看看其他地方的情況...
慕少艾還留在起跑點上！在搭訕賽車女郎啊~~~！
男的也好~我家阿九跟你一樣耶~
無悼一人庸躲在車棚都沒出來？聽說被騙說刀瘟會扮成賽車女郎的樣子...
奇怪？賽前預測實力應該相當強悍的龍城聖影代表地理司居然落在後面？
結合北嵎和五人組技術力的先進賽車...
加上可以讓敵車速度變慢的絕招散天華...
以及龍氣加速的爆發力...
擁有這麼多項優勢居然會完全落後？

哎呀呀~車棚的隊友已經開始在噓了~

混蛋!勺子仙!你烏龜嗎?殷玭都跑得比你快!

早知道就不看帳面數值,讓三皇叔參賽就好了啦~

嗯嗯~跑得慢很好理解嘛~因為那張臉...

不許說我的臉是空氣煞車~~~~~!!

哎呀...超強大的空氣阻力啊...

地理司腦羞了!呼叫鄧王爺來攻擊對手了!可是王爺好像不太耐煩,隨便打打就收工了!

不過蝴蝶君和薩屍人還是中招了!

阿爸嗚~~~

抗拒不了黃金的誘惑,已跑去撿拍了吧...

阿月仔...,我被變成我最喜歡的東西了...

什麼?你終於變成女人了!

誰幫你做的手術啊天不怕孤嗚~

其實地理司還不到必敗的局面,龍氣加上邪兵衛能夠產生強大的推進力...

只要運用得當,就能無視地理司的空氣煞車跑出驚人的速度。

哈哈哈!我聽到了!原來可以這樣!

聖蹤!來!合·體!

BOOOOM!

同一招能騙到兩次,這兩個也真是白痴到經典了。

來·下一個~

隨著車禍不斷發生，比賽逐漸白熱化！

現在領先(倖存)的是六絃四奇！

目前玄宗的十台車完全霸佔車道！穩穩獨占了一到十名！

......

玄宗組能就這樣保持領先下去嗎？

等等...場外突然殺出一名黑髮劍者！

黑髮劍者跟尹秋君撞車啦～～～～！

BOOOM! BOOM! BOOOM! BOOOM! BOOM! BOOM!

連帶牽連了其他六絃四奇！全都撞成一團啦～～～～～！

YES！尹秋君你活該啦！

嗯咳...不知道那黑髮劍者是什麼來歷...

倖存的蒼還不放棄！

正在收集六絃四奇的賽車碎片！

他是打算現場把十台車全部拼裝好重新參賽嗎？又不是四驅車...

比賽進行到最終階段...

得到冠軍的究竟是誰...

44

刀無極撞了羅喉！黃泉又撞刀無極！三連鎖！

刀無極你好膽麥造！

龍宿乾脆停在休息站喝起茶來了！

蔭屍人變成霹靂怪傑突破金封了！

到處都是車禍...！

到底有誰能跑完全程...？

冠軍是...？

素還真！

請大家注意行車安全喔～

素還真與一頁書、葉小釵分得前三名！(因為其他人都撞車退場了)

看吧～我就說吧～前二名一定是他們三個～

對了，我忘了說...素還真當了交通安全大使之後開車都很小心了～

葉小釵則是以前跟墨塵音的車禍之後...

而一頁書是上次他的大鵬鳥跟赤睛車禍受傷後...

總之，他們現在開車都很注意安全～

開車的時候亂來的話會像其他人一樣車禍喔～

名嘴

小心行車

FUC...K...

話都你在講......

安全第一

END

繪圖 **SEMI**

姓名：陳曉嬋　　性別：女　　生日：79/10/03

學歷：樹德科技大學視覺傳達系 98/09～102/06（畢業）
　　　市立海青工商廣告設計科

創作經歷：
2010/01 入選瘋設計・尬創意2
2013/01 入選日本Pixiv Quarterly 11 軌跡系列部門插圖大賽
2008年 成立個人社團－BLUE SEMI，以此社團參加二次創作同
人活動。

續緣～你隱遁在此安全嗎？不怕有人抓你嗎？

喔呵呵呵！

大家都說我長的很像傲笑紅塵呢！

爹說我們家命格不管在哪都不用怕人抓!!只要有人綁走我，他就立馬動不了了!!

???　為啥？

輸人不輸陣啦！

我可是有豬杉軍的影子呢！

大家都說我跟燕歸人是雙胞胎呢！

爹說～劫『素』難逃呀！

自信十足

不公平啦！不公平啦！

可恨呀！

為什麼我是像夜凌的豹臉頭啦！

你爹安慰你的……你還真信……真是個單純的傻孩子，還是讓他活在自己的世界吧……

不用擔心啦～

阿娘喂～

可惡呀！

切～！

你有沒有想過我的感受呀～！

你從一隻蟲變成一隻豹已經是大躍進了せ～！恨個屁呀～！

劍君的真價值

我戴上面具是為了增加神秘感～而且大家看不到我偷笑的表情！

我戴上面具是為了不讓女陰陽師發現～並且加強我西洋風的造型!!!

我戴上面具是為了不讓狂龍迷戀我～

我戴上面具其實是為了遮住我割壞的雙眼皮(淚)～

玄宗四奇陣

VS

魔界四槍陣

雙方大鬥法～平分秋色～只要再撐過5分鐘～我方必勝!!!

5分鐘後，就是七月鬼門關～

我方只有兩隻鬼「紫荊衣、金鎏影」

對方有三隻鬼「赦生童子・鯨武～滕邪郎」

2:1必勝!!!

贏定了!!!

七星的奧義

她好抗奮喔~

喔呵呵呵~

妖刀界、欲界聯手要殺不二刀~
讓天策真龍七星歸位！

誰也不能阻止本后~
殺了不二刀！

不二刀身亡！
七星歸位到天策真龍身上！

星七歸位～七龍珠完蒐～

神龍現身許願～
哇哈哈哈哈～

我要永遠堅挺
沒有皺紋！！！

你要許什麼願望？

各類電影選角　　　　愛戀的刀疤

東武林五大神器之爭（約6場戲）

葉小釵死拼～
最後高舉十方靈動！

神劍之爭（約8場戲）

葉小釵死拼傲笑紅塵～
最後高舉神劍！

打醬油～

天劍之爭（約10場戲）

葉小釵經過多輪死拼
最後高舉天劍！

天器春秋之爭

這段只有2場戲～
通告費太少～我們不接～

→葉小釵經紀人

轟定干戈~乾哥

散髮閻達 VS. 白髮一頁書

大哥~
今天就來轟定乾哥了!!!

青陽子 VS. 素還真

合修會首腦的我今天
就要轟定乾哥了!!!

傲笑紅塵 VS. 白雲驕霜

今天我要代表方界六
弦轟定乾哥了!!!

俏雲 VS. 半花容

今天要為死去的兄弟
轟定乾哥了!!!

編繪 **小巨**

1994年生，本名李亭儒，目前
就讀於國立台灣藝術大學。
從小就養成了看漫畫的習慣，
以至於現在很愛塗鴉。

説誰的壞話呢？

純真的面具

弟弟就是這樣

背道而馳的原因

繪圖 **米士特熊**

姓名：邱政維
備註：目前在龍之美術工作室與駿恆老師學習

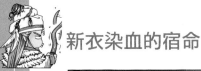

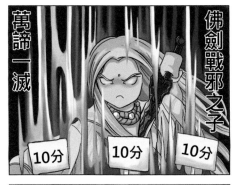

最佳代言人

四無君代言四物湯

代言銷售量+20%

任雲蹤代言刺青

營業額+45%

刺青前

刺青後

鷹女代言健身中心

營業額激增90%

健身前

健身後

回春醫美診所

術前　術後

迷達代言後業績暴增250%

八山柱神之決的真相

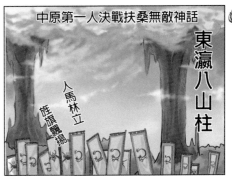

東瀛八山柱

中原第一人決戰扶桑無敵神話

人馬林立

旌旗飄揚

誰先落地、誰就是輸家

大戰八百回合後

雙雙落地

吾輸了

NO!!

編繪 **惡之華漫想**

學歷：誕生於上古時期，自認為不苟言笑三丸子，卻常被人說是搞笑團體。熱愛：作夢、發小花、繪圖、空間設計等需要用腦力及體力的事情。目前正糾結於推展原地不動之滾滾樂活動及努力接案向前衝的情結中….(啥鬼?!)

暫時居住BLOG / 惡之華漫想企劃執行總部 http://blog.yam.com/lmclubs

男人的秘密

有秘密不可怕，比較令人恐怖的是那種可以把秘密當武器使用的人。

每個霹靂英雄在其英勇表現的背後，都有一、兩個不為人知的一面。by霹靂
嗯?!被發現了!
策夢侯
……
那個…尊者是在準備萬聖節的道具嗎?真是辛苦了!
大…大概吧?!
刺
帝如來
……
阿叔、阿叔~我在齋主房裡發現這些，這是做什麼的啊?
還有好多好奇怪的東西說!
蠟燭
啊!!
皮鞭
拂櫻齋主
屈哥哥?〈好友~〉
絕技
賣萌
一整個犯規!
不是說是不為人知的一面嗎?哪有人這款的~
受害者
素還真
COSPLAY之祖

四大傳奇

步香塵，知名春宮小說家，筆名蘭陵不謝花，著有慾花吞世、慾海佛障…等鉅著。

蘭陵夫人的新書終於到手了，等超久的!
喔耶!!
你所不知的四大傳奇秘辛
by蘭陵不謝花
精彩刺激!心臟要強喔
呀~
我要看!
宅女模式全開
哇，有人物設定集耶~
還附照片XD
喔~喔~真是帥到翻掉了。
他們怎麼可以這樣帥!
南帝
北丐
大心
武學：天狗吞月
是戚太祖帥伯伯耶~好威!
真是老來俏啊!
是啊~~也有西毒歐…陽…這是啥?
青蛙??
西毒
東邪
好有味道
……玉姊姊，是我眼花?還是它植入錯誤?
為啥是青蛙?
還是練毒功會變成這樣?好可怕!
不知道耶…他長得好醜!
……西毒長這樣?
歐：那不是我!!(怒)

人生的第二春

很多淡出的霹靂英雄都在經營副業，而且還經營得頗有聲有色。

專業客製化餐點服務
全年送貨到府
吃吾便當得永生！
喵的！
棄天帝

天策鼎X豐
我的天策蒸包天下無敵啦！
正港黃金比例
蓋好吃！
買蒸包送蒸籠！
天策真龍

照世燈坊
多款燈具登登登場！
歡迎光臨!!
照世明燈

妖壽店
誰規定生這款就一定要賣棺材！
去他媽的！
收購他！
小的立刻進行
鬼王棺

動物協會的警告

衛無私, 公平正義的志士, 只要是路見不平之事都在他的管轄內, 例如:動物保育...

查，愁落暗塵非法捕獲蟬翼當武器，殘忍！
啥?!捉蟬給兒子玩犯法喔？
這是告發單！
有罪
我衛大無私~

查，羽人非獍非法大量使用白文鳥羽毛當飛行輔助器，殘忍！
……
哪來的瘋子？
這是告發單！
有罪
我衛大無私~

查，吞佛童子欺騙心智單純之可愛動物，其心可議，殘忍！
嘖!!嘮嘮叨叨，不過就是一朵塑膠花罷了。
made in china
我衛大無私~
這是告發單！
有罪
假的
凝晶花

查，燕歸人不爽就種人，殘忍！
從剛剛就一直聽你在蛇蛇唸！吵死了！
看我的燕回旋
這是告發單！
我衛大無私…
有罪

名器觀論

名器觀論，武林最大的兵器鑑別大會，所以
總是可以看到那些不顧一切都要擺顯的…

數甲子一次的名器觀論經過激烈競爭後，終於來到最後揭曉時刻。

2013th
名器觀論
最終名次揭曉

天地人三才神器中的人武是——
忘巧雲戰

我最壯！

吾帝禍要了！

主持人
天留吾不留

天地人三才神器中的地鋒是——
黑月之淚

綺羅大·我愛你！

用愛灌鑄的好刀！

主持人
天留吾不留

最後，天地人三才神器中，最屬害的天器是——
春秋爛筆
一筆定生死!!

霹靂編輯代表

這...這...我的劍呢？

果然最強！

喔！耶！耶！

嘩！嘩！

這是打帶跑的

書本的價值

人們常說書中自有黃金屋，那如果把拿書來
秤斤論兩賣，那會值幾兩錢?!

聖魔元史之禍操控武林，眾豪傑無不費盡心思欲找出毀滅之法。

這時，地獄變解天機識，為武林透露出一線曙光。

我是神

QQXX....

想我的就對了～

那是喀鬼～

呃～？

地獄變，你怎知正法天鑑可以贏得過聖魔元史？
而且還穩贏嗎？

那很簡單啊！

想學啊？我教你！

傻子都知道！

聖魔元史？真的假的？那點看得出來的？

聖魔元史外觀又舊又髒，非名家撰寫，脫手不易。

反觀正法天鑑由天然祖母綠雕刻而成，光書皮就值天價。

閃閃發亮

沒事還會出怪聲

嘎嘰嘰～

架架架～

所以正法天鑑聖魔元史直接拿去楚化爐燒掉就好！

相信我！
保證贏！

......喔！

真簡單明瞭！

是這樣嗎？

一定贏！

矛盾大對決

霹靂劇集中常會出現最屬害的人、最強的刀
劍、最殺的招式，甚至是最像人的…狗。

最冷招式
冰封千里 VS. 最熱招式
怒火燒盡九重天

最強寶甲
刀龍戰袍 VS. 最強的刀
影神刀

最像狗的人
北狗 最光陰 VS. 最像人的狗
小蜜桃

天榜!金榜?

話說經過一番爭亂，霹靂武林又翻過新的一頁，因此總是很容易讓人想要混水摸魚。

時間的算法

隨著世界各地間來往增多，時差和區時界限也日漸模糊，這尤其在時間城內更加明顯。

審美觀

人人都想要變美,只是千萬要找對想超越的
標的物啊~

月寒,服下這毒婦之心後,這屆選美冠軍非你莫屬。

會讓你比現在美上100倍!

嗚~好的!

我一定要成為最美的人!

選美大賽名次揭曉日

霹靂選美大賽

月神 第一名

妖印封光 第二名

緋羽殺姬 第三名

超讚!

哇!

賢美!

義母,為什麼我不是第一名?

說好的第一名啊!不是說會美100倍嗎?

還跟魚晚兒廉莊那村姑並列第50名!

這…

有啊~為娘是把你改造得比我美上不只100倍了。

是那些評審眼睛被蛤仔肉糊住啦!

喵的!一整個標準錯誤!

我盡力了!

哈!

時間懲罰

時間城城主，對於時間的借貸有很嚴格的管制，且對借方的懲罰毫·不·手·軟!!

我要代替時間來懲罰你!!

遲到鬼!

天跨爵

啊啊啊

我哪有遲到?!

時間城主

我要代替時間來懲罰你!!

啥?!又來了!!

逆齡攻擊!

可惡!

無夢生

我要代替時間來懲罰···疑?

這傢伙···是要來幹嘛?

緩緩拿出~

淡定~

黑是蝦毀?

殷音子

你怎麼都知道!

咦呀

我拍賽，想當年我可是···啞嘸咕咕···

X年X月 第一屆X月 宅宅水手服比賽優勝一名

原來是我的粉絲阿，既然這樣，我就不懲罰你啦

難怪愛懲罰

搞了半天，其實時間城主只是個宅男···

這下我們知道了!

戰雲界分級

以最屬害戰士為終身職志，並以此為努力目標的士兵們，其心中都一把尺...

戰雲界一直以來是以「戰衣」分高低等級。

而且是用貴金屬來分等級

戰雲最強
白銀三人組

沒錯!這是我們最終目標白銀戰衣大好!

我一定要成為白銀等級聖X士!

滿腔熱血

嗯嗯

說得好!

認真!

白銀等級

古銅等級

哪來的無知小輩，區區白銀怎能號稱最強等級!

誰?!!

竟然如此妄言!

吾之雙足踏出戰火吾之雙手緊握毀滅吾名

羅喉!!

史上最強等級吾之黃金版戰衣

但···說真的，白銀真的不是最值錢的那種···

黃金版戰衣

嘿，你跑錯棚了吧!

武君，偉大!

道老頭是誰?

入魔整型

風行有年的整形韓風在各大媒體的推波助瀾下，也悄悄的吹向霹靂英雄們～

話說，整形方式百百種，最常用的便是「入魔」

有人用這招來提高人氣指數，例如：葉小釵

我愛你！好帥！

帥大叔

入魔大好

人氣指數

有人則是閒閒用這招來打發時間。

嗯...要再微調一下嗎？

頭毛挑染？數根？眼尾上揚一厘米？一張衝光？毛孔細緻化？肉毒桿菌？

嗯...好友，請問你花錢整哪裡？

更有人拿入魔之名行「公報私仇」之實。反正事後可以一推二六五。

不拎北你早就很久了！爽！叫得都實了！不要叫我前輩

咱

叔郎鍋？

...當然，也有那種道聽塗說的...而且還不幸成仁，汗～

哥哥不是說入魔整形會讓我戲分更多嗎？怎一下就領便當了？

傻孩子，這種事不是光入魔就可以的。還要抱編劇大腿...（誤！）

太嫩了！想當初我...

騙人，嗚

赫杉軍

斷滅闍提

霹靂聖典 017

霹靂爆笑江湖2

原　　作 / 黃強華
繪　　圖 / 黑青郎君、SEMI、小巨、米士特熊、惡之華漫想
編　　劇 / 小八組長（48~55,66~68,70~77四格原構思者）
企劃選書人 / 張世國
責任編輯 / 張世國
協　　力 / 陳義方、胡凱翔

督 印 人 / 黃強華
發 行 人 / 何飛鵬
總 編 輯 / 楊秀真
副總編輯 / 張世國
業務經理 / 李振東
行銷企劃 / 周丹蘋
業務企劃 / 虞子嫻
法律顧問 / 台英國際商務法律事務所　羅明通律師
出　　版 / 霹靂新潮社出版事業部
　　　　　 城邦文化事業股份有限公司
　　　　　 台北市104民生東路二段141號8樓
　　　　　 電話：(02)25007008　　傳真：(02)25027676
　　　　　 網址：www.ffoundation.com.tw
　　　　　 email：ffoundation@cite.com.tw
發　　行 / 英屬蓋曼群島商家庭傳媒股份有限公司城邦分公司
　　　　　 聯絡地址：台北市104民生東路二段141號11樓
　　　　　 書虫客服服務專線：02-25007718；25007719
　　　　　 24小時傳真專線：02-25001990；25001991
　　　　　 服務時間：週一至週五上午09:30-12:00；下午13:30-17:00
　　　　　 劃撥帳號：19863813；戶名：書虫股份有限公司
　　　　　 讀者服務信箱：service@readingclub.com.tw
香港發行所 / 城邦（香港）出版集團有限公司
　　　　　 新址：香港灣仔駱克道193號東超商業中心1樓
　　　　　 電話：(852)25086231、25086217　　傳真：(852)25789337
馬新發行所 / 城邦（馬新）出版集團【Cite(M)Sdn. Bhd.(458372U)】
　　　　　 41, Jalan Radin Anum, Bandar Baru Sri Petaling,
　　　　　 57000 Kuala Lumpur, Malaysia.
　　　　　 電話：(603)90578822　傳真：(603)90576622
　　　　　 email：HYPERLINK "mailto:cite@cite.com.my" cite@cite.com.my
封面設計 / 柏宇工作室
版型設計 / 柏宇工作室
印　　刷 / 崎威彩藝股份有限公司
■ 2013年12月3日初版　　　　　Printed in Taiwan
售價 240元

本著作係經霹靂國際多媒體授權出版改作
本著作中所有攝影著作及美術著作之著作權人為霹靂國際多媒體
本書純屬作者個人言論，不代表霹靂國際多媒體立場

城邦讀書花園
www.cite.com.tw

廣　告　回　函
北區郵政管理登記證
台北廣字第000791號
郵資已付，免貼郵票

104台北市民生東路二段141號11樓

英屬蓋曼群島商家庭傳媒股份有限公司　城邦分公司

奇幻基地‧霹靂新潮社網址：www.ffoundation.com.tw
奇幻基地‧霹靂新潮社e-mail：ffoundation@cite.com.tw

請沿虛線對摺，謝謝！

| 書號：PR0017 | 書名：霹靂爆笑江湖 2 | 編碼： |

讀者回函卡

謝謝您購買我們出版的書籍！請費心填寫此回函卡，我們將不定期寄上城邦集團最新的出版訊息。

姓名：＿＿＿＿＿＿＿＿＿＿＿＿＿＿＿＿＿＿ 性別：□男 □女

生日：西元＿＿＿＿＿＿月＿＿＿＿＿＿日＿＿＿＿＿＿

地址：＿＿＿＿＿＿＿＿＿＿＿＿＿＿＿＿＿＿＿＿＿＿

聯絡電話：＿＿＿＿＿＿＿＿＿＿傳真：＿＿＿＿＿＿＿＿

E-mail：＿＿＿＿＿＿＿＿＿＿＿＿＿＿＿＿＿＿＿

學歷：□1.小學 □2.國中 □3.高中 □4.大專 □5.研究所以上

職業：□1.學生 □2.軍公教 □3.服務 □4.金融 □5.製造 □6.資訊

□7.傳播 □8.自由業 □9.農漁牧 □10.家管 □11.退休

□12.其他＿＿＿＿＿＿＿＿＿＿＿＿＿＿＿＿

您從何種方式得知本書消息？

□1.書店 □2.網路 □3.報紙 □4.雜誌 □5.廣播 □6.電視

□7.親友推薦 □8.其他＿＿＿＿＿＿＿＿＿＿＿

您通常以何種方式購書？

□1.書店 □2.網路 □3.傳真訂購 □4.郵局劃撥 □5.其他

您購買本書的原因是（單選）

□1.封面吸引人 □2.內容豐富 □3.價格合理 □4.喜歡霹靂

對我們的建議：＿＿＿＿＿＿＿＿＿＿＿＿＿＿＿＿＿

＿＿＿＿＿＿＿＿＿＿＿＿＿＿＿＿＿＿＿＿＿＿＿＿＿

＿＿＿＿＿＿＿＿＿＿＿＿＿＿＿＿＿＿＿＿＿＿＿＿＿